Jusqu'à l'épuisement des lumières

© Éditions Renaissens (membre du SNE)
Collection : COMME TOUT UN CHACUN
ISSN : 2649-8839
www.renaissens-editions.fr

Les éditions Renaissens publient les écrits d'auteurs aveugles, malvoyants, sourds et de toute personne souffrant d'un handicap.

Sandrine Lepetit

Jusqu'à l'épuisement des lumières

Récit autobiographique

*« Entre bien dans mes yeux
pour que je me souvienne bien de toi. »*

Charles Baudelaire

Lumière à tout prix !

Au réveil, mes paupières à peine entrouvertes sont déjà en quête d'une source de lumière. Dans l'urgence je désarticule mon cou dans toutes les directions. Un automatisme qui s'est installé depuis que j'ai pris conscience que je pouvais perdre la vue à tout moment.

Ce matin, lorsque j'ai cherché désespérément le cadran lumineux de mon réveil, ce n'est pas son alarme qui s'est déclenchée mais celle de mon cerveau.

Qu'on me laisse encore un peu de temps ! Je ne suis pas prête ! Les visages qui disparaissent brutalement… Je n'imagine pas ne plus voir le sourire rayonnant d'un proche, la rosée perlant sur une pivoine, les paysages. Mon champ visuel, désormais si étroit me limite à de minuscules fragments mais ces confettis de lumière sont pour moi si précieux.

Paniquée, j'ai poursuivi mon exploration.

Aucune lueur n'apparaissait. Puis, à force de bouger ma tête dans tous les sens, j'ai repéré mon réveil avec ses chiffres joliment colorés. Je me suis ressaisie. Sans doute était-il tombé à terre pendant la nuit.

Je ne veux pas croire à l'extinction définitive de la lumière !

En attendant, c'est une belle journée qui s'annonce, même si mon handicap, ou plutôt mes handicaps, ne cessent de me rappeler leur existence.

J'ai quarante-neuf ans de souvenirs : certains joyeux, d'autres plus monotones. Quarante-neuf ans d'images et de sons : certains colorés, d'autres plus sombres…

L'audioprothésiste

Maman me pouponne. Elle fait l'inventaire et pousse un soupir d'apaisement : deux pieds, deux mains et une tête apparemment bien faite. Toutefois, ma déficience auditive sera détectée sans tarder. Mon pauvre vocabulaire et mes cris auront donné raison à son inquiétude.

Je fais mes premiers pas à onze mois. Haute comme trois pommes je passe sans difficulté sous les tables. On me décrit comme une petite fille pétillante, à tel point que j'épuise mon entourage dont j'atténue la fatigue par des baisers bruyants. Mes cheveux blonds et bouclés tombent sur ma bouille ronde et font craquer mon papa. Il m'appelle sa « grosse bibi ». À quatre ans, j'aime partager mes jeux et mon temps avec mon frère ainé Bruno. Une année seulement nous sépare et nous sommes naturellement complices, malgré nos caractères opposés. Il est calme, je suis agitée. Ensemble nous avons trouvé un équilibre, alors que mes parents, eux, peinent à me comprendre. Les sons qui sortent de ma bouche ne sont pas précis. Une telle différence de langage avec mon frère, qui lui s'exprime parfaitement ! Je crie plus que je ne parle. Tous ces indices vont révéler mon déficit auditif, et des examens complémentaires le confirmeront.

Ce jour-là, sur les genoux de ma maman, je reste sage, probablement intimidée par ce grand monsieur, l'audioprothésiste. Lorsqu'il déplie de son siège son immense corps, je me raidis, un brin apeurée. Malgré tout je décide de le défier avec ma tête de chipounette, comme il dit. Je l'incline légèrement puis tente un sourire hésitant. Sera-t-il gentil avec moi ? Je retiens ma respiration.

— Veux-tu jouer avec le train électrique ?

J'entends la voix de ce géant, qui n'est que douceur. Mes yeux s'arrondissent en découvrant les wagons. Je suis déjà excitée à l'idée de le faire fonctionner mais je dois, au préalable, participer à un petit jeu qui consiste à répéter simplement des mots.

Durant la séance, je m'applique en lorgnant de temps à autre sur le train, craignant qu'il ne démarre sans moi.

Le grand monsieur semble avoir apprécié

mon sérieux puisque qu'il me remet la télécommande en souriant. C'est parti ! Enfin tranquille, il m'oublie pour s'intéresser à mes parents. Il leur annonce la couleur : j'ai une perte auditive de soixante-dix pour cent. Aucune intervention chirurgicale n'est possible, mais pour compenser je peux avoir recours à des prothèses.

L'audioprothésiste me parle de ces appareils, mais ses paroles ne sont qu'un enchevêtrement de mots insignifiants. C'est seulement lorsqu'il me présente un modèle, que je commence à comprendre. De ma bouche enfantine sort alors innocemment le mot « moche ».

Au second rendez-vous, je sais désormais à quoi m'attendre. Ma petite main est dans la sienne mais je suis confiante. Le gentil ogre m'entraine dans la pièce que je n'ai pas oubliée. Le train n'a pas changé de place et j'en profite pour faire un long voyage. Lorsqu'il me récupère, je vois sur sa table de gros objets marron. Malgré quelques grimaces, je suis docile quand il les introduit dans mes oreilles. D'abord je n'entends plus rien du tout puis les bruits heurtent mes tympans. J'ai la tête en vrac. Il m'explique que je dois jouer avec le bouton du volume pour mieux les apprivoiser.

Au retour, assise sur le siège arrière de notre

voiture, le bruit du moteur me perturbe, sans savoir si je dois le considérer comme agréable ou désagréable. Je suis mitigée. À la maison, je découvre d'autres sons, comme celui du robinet que je laisse volontairement couler, jusqu'à ce que mon papa me rappelle gentiment que l'eau, ce n'est pas gratuit. Puis s'enchainent d'autres bruits : celui du frigo, des piétinements.... C'est exténuant mais avec le temps, je les intègre naturellement.

Mon orthophoniste

Les prothèses ne corrigeront pas tous les mots que j'ai écorchés. Pour cela on me présente « Tristine », une orthophoniste. Elle est sensée m'aider à sortir de jolies phrases. Toute ma hantise s'évapore lorsque je la vois pour la première fois. C'est la gentillesse incarnée avec un sourire franc et une voix qui embellira naturellement les sons.

Je garde le souvenir de son visage rempli de fierté lorsque sort de ma bouche le mot *pinceau*, cet objet que je lui tends et que j'appelle *pinson*.

Grâce à ma sauveuse je fais de réels progrès et peux envisager une rentrée scolaire dans une école dite «normale». Sans doute s'est-elle attachée à moi car je passe beaucoup de temps dans son cabinet. Des séances quotidiennes que je suivrai jusqu'à la sixième.

Au centre de loisirs de ma commune, je suis chouchoutée et souvent perchée sur les épaules de l'animateur. Dans mon esprit d'enfant il est *beau-*

tiful ! Quelquefois, j'affiche promptement mon handicap, très pratique je l'avoue, en situation de défense ! Mais très utile aussi pour assouvir mes petits caprices de fillette. Ce joker est mon allié. *A contrario,* il y a des jours où mon complexe me rattrape, en particulier quand le miroir me renvoie l'image d'une petite fille enlaidie par ses prothèses auditives. Je tente de sensibiliser mes camarades : je suis différente, mais pas anormale.

Que de souvenirs joyeux vagabondent dans ma tête! À l'école primaire, des amitiés indestructibles se créent, effaçant les imperfections et les différences… Bavarde, je suis punie comme les autres. Un jour, je me retrouve debout sur ma chaise, le bec collé par un morceau de ruban adhésif, aussi ridicule qu'une gamine d'autrefois avec son bonnet d'âne. Zut ! Je n'avais pas fini ma phrase. Après tout, je n'avais qu'à me taire ! Je peux aussi surprendre par mon sérieux et compter sur l'enseignant qui n'hésite pas à me donner un peu de son temps libre.

Je retiens une enfance heureuse : mon handicap était-il bizarrement en retrait, ou bien l'ignorais-je ? J'avais un besoin constant d'être entourée, vraisemblablement pour me rassurer et trouver ma place au sein du groupe. J'aspirais en effet à devenir une personne à part entière, avec ses rires et ses pensées ordinaires, semblable à mes camarades.

Mais ces moments d'insouciance ne durent pas. Le passage au collège est rude. Toute mon innocence s'envole. Je remarque que le respect ne s'applique pas à tous et que le bénéfice des paroles réconfortantes de mes parents a été de courte durée. Après quelques mois, je deviens la cible. Je ravale mon orgueil ainsi que mes larmes en entendant le mot *gogol*... Je triche et masque ma sensibilité.

Peu à peu, en me cantonnant à un rôle d'actrice impassible, je parviens à me faire oublier mais au prix de l'effritement de mon amour-propre, tandis que s'installe en moi une timidité qui me bloquera durant toute mon adolescence.

J'ai heureusement connu la douceur du cocon familial et le besoin impérieux de pratiquer du sport. Un moyen extraordinaire de me libérer. Une vraie drogue ! Angoisses et doute s'évaporent dans la sueur. Le basket me procure une telle force intérieure qu'il me permet de repousser mes limites. Élève moyenne par ailleurs, je mobilise toutes mes capacités pour être la meilleure dans cette discipline.

La période lycéenne a ensuite été un moment d'accalmie au cours duquel j'ai osé retirer ma carapace pour continuer à me construire humainement. Un flux de confiance se profilait enfin à l'horizon.

J'expérimentais comme les jeunes de mon âge les sorties nocturnes : bar, cinéma, discothèque. Mais mon handicap me jouait des tours, surtout la nuit. On m'appelait *Gaston la gaffe*. J'amusais mes potes.

Insouciance et liberté, les deux mots phare de mes vingt ans! Une attitude légère qui m'allait bien. Sans arrêt, je pratiquais l'autodérision mais, inconsciemment, je me doutais bien qu'il y avait autre chose. Chercher inutilement les étoiles, saluer les poteaux, buter sur les trottoirs, confondre une personne avec une autre, sourire bêtement en pensant que cette marque d'attention m'était adressée alors qu'elle était réservée à ma voisine, tous ces signes étaient le commencement d'une deuxième anomalie : la déficience visuelle.

Situations saugrenues

Tout a débuté par un diagnostic de myopie, mais un examen visuel approfondi a ensuite confirmé que, dans mon cas, la vue et l'ouïe fonctionnaient ensemble. Sans plus de précision.

Je poursuis ainsi ma vie d'adulte, de plus en plus en décalage avec autrui. Ouvrir davantage mes oreilles, écarquiller mes yeux, tant d'énergie pour être à la hauteur de tous. Mais je gère ! Enfin, je m'en convaincs. Je veux forcément me situer dans la case « normale ». Alors, je fais semblant de comprendre une conversation en approuvant bêtement, d'admirer les étoiles que je ne vois pas, de chanter avec mes copains le tube de l'été dont je n'ai pas décrypté les paroles…

Puis je deviens maman une fois, puis encore et encore… Trois filles qui seront ma priorité. Entre-temps, mes gènes malades continuent leur travail de destruction mais comme ils sont invisibles, je préfère les ignorer.

Toutefois, lorsque ma voiture se transforme en véhicule acrobatique je ne peux plus faire semblant. Démarrant un jour avec la portière passager grand ouverte, j'insiste pour passer entre deux poteaux jusqu'à ce que la charnière s'arrache.

À une semaine d'intervalle, je monte sans comprendre sur un dôme fleuri avant de me retrouver à quelques centimètres d'une devanture de magasin.

Le lendemain, j'emboutis un véhicule garé, lui reprochant d'être mal stationné.

Un autre jour je recule bêtement sur un stop, en croyant avoir respecté le Code de la route !

Mais à pied ce n'est pas mieux ! Vêtue d'une jupe longue et étroite, je liste en marchant les objectifs de ma journée quand j'atterris de l'autre côté d'une borne en béton. Bloquée par la toile tendue de mon vêtement et la tête écrasée contre le bitume, la situation est des plus saugrenues. Une passante vole à mon secours et je lui bredouille un merci discret.

Pour finir, majestueuse dans mon rôle de personne voyante, je descends l'escalier d'un restaurant élégant quand un obstacle que je n'ai pas identifié, me précipite sur la table d'un couple d'amoureux.

Le diagnostic

À trente-huit ans on me prescrit un test génétique. Le verdict tombe. Je suis atteinte d'une maladie orpheline : le syndrome de Usher. Le quoi ? J'apprends la nouvelle sans la moindre désolation. Je n'ai ni l'énergie ni le désir de m'y attarder. Mon spécialiste me parle du rétrécissement de mon champ visuel, ajoutant qu'il est devenu beaucoup trop étroit pour continuer à conduire.

Tout s'enchaîne. Je reçois le compte-rendu médical rempli de chiffres et de schémas. Les dessins me suffisent amplement, comme c'est le cas pour les enfants qui ne veulent retenir que l'essentiel. Ma vision se recouvre de noir — Ah oui, quand même ! — mais je préfère admirer les petits îlots de couleur qui subsistent encore.

Le deuil de la conduite entraîne malgré moi un changement comportemental. Aujourd'hui, il fait beau, mais demain il pleuvra. Une autonomie en perdition, une dépendance à autrui accrue m'obligeant à anticiper pour organiser mes sorties et mes rendez-vous. Tiens, j'irais bien chez ma copine. Bip ! Mission annulée. Une identité sociale qui se dégrade. « Tu bosses où ? », « Chez moi ». Un repli sur soi, mais je m'adapte. Je me souviens avoir pensé : « On n'en meurt pas ». Les années passent et j'aborde très rarement le sujet. Pourtant, je devrais, me disent mes proches. Quoi ! Ont-ils remarqué une aggravation de mon état ? J'ai choisi de subir ma maladie et refuse d'en parler.

Or, en adoptant cette stratégie, je me suis perdue. Mon plein d'optimisme s'estompe petit à petit. Je me retire ou me renferme lorsque l'ambiance son et lumière me dépasse. Une tournure négative qui aura pour effet de me mettre à dos certaines personnes de mon entourage familial et amical, sans même en avoir conscience.

C'est alors que le jour baisse dès le matin, que la journée s'assombrit trop vite alors qu'elle n'est pas terminée. Comment est-ce possible ? Je suis restée bloquée à l'heure d'hiver… Je l'admets, j'ai peur. Depuis ce jour, ma priorité, dès l'aube, est d'ouvrir mes paupières sur un filet lumineux.

Vision tubulaire

Je ne suis ni aveugle ni voyante, mais dans l'entredeux. Je perds la vue, mais pas mon regard, ce qui perturbe les gens qui me dévisagent.

Dans mon monde étroit, tout se passe comme si une personne voyante portait une paire de lunettes trop foncées et entrait dans un restaurant qui ne serait éclairé que par des chandelles. Elle voit les sources de lumière, mais ces dernières ne l'éclairent pas, ou peu. Paradoxalement, trop de luminosité génère une photophobie entretenant une fatigue visuelle. La rétinite pigmentaire entraîne une perte graduelle de la vision. Le champ périphérique se rétrécit constamment et progressivement, passant d'une vision tubulaire à celle d'une tête d'épingle. Si l'image est fixe, je vois comme si je regardais dans le trou d'une serrure. S'il y a des mouvements, je perds inévitablement les détails, les reliefs et mes repères. L'image apparaît découpée comme un casse-tête. Si quelqu'un se déplace, je vois une tête, une épaule. Ma fille Enola, un jour, m'a fait délicieusement rire : « Regarde ! », a-t-elle dit. Elle bougeait sa petite main dont je n'en apercevais plus qu'une partie. Remarquant ma difficulté, elle a dirigé mon visage vers ses doigts à l'aide de son autre main : « Ici maman ! », a-t-elle repris.

Le déni

J'ai quarante-cinq ans et mon ophtalmologue me conseille l'apprentissage de la canne blanche. J'esquive : « J'y réfléchirai », lui dis-je. En réalité, je fuis. La canne, je ne l'ai pas envisagée si vite... Néanmoins, je prends conscience que je sors moins, que mon caddy reste en pénitence dans le placard, que les trajets d'un point à un autre m'épuisent, qu'ils génèrent trop d'attention. Mon attitude n'est plus naturelle. Je n'arrive pas à me détendre. Je suis accablée. Je régresse, consciente que je dois remonter la pente au plus vite pour éviter de partir en chute libre.

Je me fais à l'idée que mon syndrome et moi sommes liés pour la vie. Pour autant, j'ai mon mot à dire. Je veux prouver à mon entourage et à moi-même que je suis capable d'avancer et de vivre à ses côtés.

Je relève la tête et me confie frileusement à quelques amis mais c'est comme s'ils n'admettaient pas mon problème, le rangeant systématiquement dans la case « myopie ». Un vrai dialogue de sourds, alors je me replie à nouveau. À quoi bon !

Je m'accroche à ma vie familiale et professionnelle. Un cercle rassurant, sans l'ombre d'une incompréhension. Je fais en sorte que ma place de maman et de femme soit primordiale. Aussi, je dépasse rarement les limites de la maison, refusant de me confronter de nouveau aux autres.

Recluse dans ma coquille je réalise finalement que le problème vient de moi, de mon semblant d'acceptation, de mon quasi déni. Quant à mon manque de confiance et de clarté, ils ne font qu'accentuer les malentendus.

J'ai encore tout un chemin intérieur à parcourir, en commençant par résoudre les blocages qui malmènent mes intestins.

Je me dois d'être irréprochable. Six heures trente du matin : debout ! Tu vas où ? Euh, nulle part… Je m'impose une certaine rigueur, elle me transmet naturellement de l'ardeur, du punch.

Mon mari Olivier est artisan menuisier, domaine qu'il maîtrise parfaitement, c'est indéniable ! Moi, fidèle à mon poste de secrétaire-comptable, suis-je compétente ? Décidément, comme ma maladie, chez moi tout est invisible. Pourtant, j'existe ! Je pourrais, entre deux conversations, glisser que je contribue aussi à la réussite de son entreprise, histoire de me valoriser un peu sur le plan professionnel. Mais ce n'est pas mon style.

Certes, je suis confortée par notre équilibre familial. Travailler à domicile offre la possibilité de gérer, de planifier à sa convenance ses activités. Mais alors pourquoi mes journées se sont-elles raccourcies ?

Frustrée de laisser un travail inachevé lorsque ma plus jeune fille rentre de l'école, je ne saisis pas tout de suite la faille. Je persiste jusqu'à l'épuisement. Un midi, j'ai la sensation de retenir un trop plein d'émotions. Je suis tendue, éreintée. Non, je ne craquerai pas devant mon mari. Puis je pleure. Mes larmes coulent sans pouvoir s'arrêter. Je suis impuissante, vulnérable.

Pourquoi ce sentiment d'échec ?

Mon époux comprend que mes yeux ont dit stop à l'acharnement. Mais ce n'est pas mon choix ! Je suis exténuée. Ma sensibilité est à fleur de peau. Néanmoins, je me résigne et dégringole une nouvelle marche, celle du désespoir… Je pense sans penser, je trie, je calcule, je philosophe, je psychote, je digère, je subis, je dois me relever. Ma fierté est d'être au cœur d'une belle famille ! Je ne peux pas la décevoir ! C'est pourquoi je suis d'attaque, prête à rencontrer une équipe médicale spécialisée dans la basse vision. Mon ophtalmologue avait vu juste, j'étais sur la voie de l'acceptation.

La canne blanche

Lors de mon premier rendez-vous au centre de basse vision, je suis plutôt zen. En plein déni, je reste persuadée que deux ou trois séances me suffiront amplement pour apprendre à me servir d'une canne.

Je consulte d'abord une ophtalmologue qui s'imprègne de mes bilans annuels. J'écoute, j'approuve. Elle m'explique le fonctionnement de la structure. J'essaie d'être attentive bien que sceptique. Sérieusement, que peuvent-ils m'apporter ?

Pour cette première rencontre mes parents m'accompagnent. Aussi, je m'efforce d'y croire. À quoi d'ailleurs ? Que par miracle je retrouverai une vision élargie ? Non, bien sûr ! J'ironise.

Finalement, je me laisse porter, guider. Je comprends que la principale motivation des intervenants de ce centre est de redonner de l'espoir aux patients.

Au début, ils instaurent un climat de confiance,

sans jugement. Ils sont à l'écoute de la moindre inquiétude, du moindre tourment. Ils suggèrent, conseillent. Des initiatives qui concourent à un vrai travail d'équipe ! Une équipe de choc !

Je serai suivie par une orthoptiste, une spécialiste de la locomotion, une aide à la vie quotidienne, une psychologue, une assistante sociale. Des personnes dévouées et dotées d'une redoutable efficacité. Impressionnant et intimidant !

J'appellerai l'orthoptiste Élodie. Avec son joli sourire, elle m'invite à réévaluer ma vision sous forme de jeux, en manipulant de simples matériaux et supports : Post-it, crayons, billes, tableaux, tables, murs… Une approche qui m'oblige à me raccrocher à mon petit restant de vue. Je me rassure en pensant que même si mon champ visuel est extrêmement réduit, mon acuité, elle, est plutôt correcte !

Elle me demande ensuite mon avis, comme pour me situer sur une échelle de degrés de conscience : peu, moyenne, pleine ou aucune !

Je ne peux sous-estimer ma différence. Elle est présente dans mes gènes. Insidieuse, elle a évolué. Je la tolère mais je cherche à m'en détacher. En fait, je la maudis. Je n'ai pas assimilé le mot « gravité ». Ce syndrome de Usher me ronge lentement. Il est sans pitié.

Élodie aborde le sujet de ma lassitude visuelle. Elle pense que j'ai mal utilisé ma vue. Je l'aurais malmenée tout en l'exploitant autrement. Elle me montre les principales techniques visant à l'améliorer. La rééducation me provoque des migraines. Affable, elle a la délicatesse de ne pas insister.

Nous passons ensuite à un jeu maintes fois répété. Je me place à l'extrémité de la pièce, les yeux fermés tandis qu'elle appose un Post-it à un endroit précis, soit sur le mur, soit sur le sol. Un jeu enfantin et accessible à tous mais si compliqué pour moi. Attention, top chrono ! Je m'organise, balayant la pièce du regard, de gauche à droite, de bas en haut. Je fouine chaque mètre carré.

Pour tous ceux qui perçoivent l'espace à cent quatre-vingt degrés, cet exercice de repérage est évident. Ils peuvent même siroter une boisson et alimenter une discussion en récoltant les Post-it. Mais quand son champ visuel est estimé entre cinq et quinze degrés — ce qui est mon cas — cet exercice nécessite une attention des plus soutenues, une vigilance extrême.

L'après-midi n'est pas achevée, mais je suis anéantie. Mes yeux voudraient actionner le bouton veille. Il me vient à l'esprit ce tableau surréaliste représentant des allumettes forçant des yeux à rester grand ouverts... Lutte Sandrine ! Ton corps a encore plein de ressort.

Dans ces moments d'abattement, je songe à tout ce que les gens absorbent en un seul coup d'œil. Une chance fabuleuse ! Mais je ne me plains pas. J'ai encore le plaisir de profiter des couleurs, de contempler des paysages amputés, d'admirer des parties de visages, ceux de mes jolies filles, et les belles rides de mon mari. J'ai la satisfaction d'apprécier, en décalé bien sûr, le regard complice des uns et des autres, mimiques improbables, expressions de joie, de peine et quelquefois de souffrance.

Si mes yeux s'éteignent — et ils s'éteindront — malgré l'absence désespérée et insupportable de lumière, il me restera la résonance des voix douces ou graves, celles qui rassurent, la musique qui apaise. Bien sûr c'est peu mais déjà extraordinaire.

Assise sur le sable blanc d'une plage je pense à la beauté des sons provenant de la mer, du vent, de ces notes qui varient selon leur humeur. Que mon audition m'accompagne encore un long moment après que l'image aura disparu !

Une vraie satisfaction d'être appareillée

depuis toute petite. Grâce à ces aides auditives, j'ai réussi mon parcours d'entendante. Sans elles, avec soixante-dix pour cent de déficit, j'aurais emprunté des chemins beaucoup plus ardus.

Venons-en maintenant à la spécialiste de la locomotion que j'appellerai Solène. Désireuse de connaître un peu mieux mon histoire, cette personne très douce aspire à un échange spontané. Aussi, propose-t-elle de tester mes déplacements au cours d'une promenade.

Puis arrive le moment tant redouté : la canne ! Solène me présente la blanche que l'on destine en général aux aveugles, et la jaune, conçue pour les malvoyants. Je choisirai la première bien que l'idée de devoir utiliser l'une ou l'autre me soit intolérable. Solène me prête donc *Cannou*. Un nom qui me paraît d'emblée sympathique.

Nous travaillons d'abord dans le bureau. J'y apprends quelques techniques de base avant de poursuivre dans la cage d'escalier. Solène me montre comment gérer la descente et la montée. Elle perçoit mon angoisse, d'autant que je regarde souvent mes pieds. *Cannou* prendra son rôle très au sérieux, mais je dois apprendre à l'accepter, à lui faire confiance.

Affublée d'œillères pendant des années, j'ai pris l'habitude de marcher en fixant le sol de peur de tomber, mais en bougeant aussi la tête de tous côtés pour ne rien perdre du décor et des gens. Une attitude qui peut indiquer, pour ceux qui ne me connaissent pas, des désordres psychiques

Certes, si la canne lève toute ambiguïté sur mon état mental, elle me limite aussi à la petite image située droit devant moi.

Lunettes "spécial bigleux"

Au fil des semaines, je m'aventure plus loin. Je ne me lasse pas des petits riens. Mes yeux ont une nette préférence pour la vie autour de moi. J'observe par exemple un groupe d'étudiants hilares tandis que sur le trottoir d'en face j'assiste aux caprices d'un enfant. Les deux scènes tout en marchant !

Il faut dire que je ne chôme pas avec la gentille Solène. Plusieurs séances se déroulent dans un lotissement. On y travaille les repères : rues, carrefours, croisements... On réactive une mémorisation visuelle endormie mais réexploitable. On se risque ensuite dans le centre-ville où les mouvements de foule et la circulation arrivent de toute part. L'agitation est à son comble. C'est vertigineux, mais *Cannou* est là pour me protéger.

Je me concentre sur les déplacements d'un endroit à un autre. Solène me remet une adresse que je dois retrouver avec l'aide des passants, une initiative qui ne correspond pas du tout à ma devise « débrouille-toi ». Jusque-là, la simple idée de pouvoir être guidée par une main ou un bras protecteur m'était insoutenable. Mais je décide de dépasser ces blocages et d'avancer.

Je rencontre des gens ouverts et ravis de me renseigner ! Petit à petit je me sens mieux dans mon corps. Je n'ai plus l'allure d'une personne prostrée qui idolâtre ses pieds ou qui titube. Oups, un trottoir ! Oups, un poteau !

Test réussi ! Je franchis la ligne d'arrivée gonflée à bloc. Contrairement à ce que je redoutais, je n'ai absolument pas suscité la pitié.

Au cours de la rééducation, on me suggère d'impliquer un proche. Une mise en situation destinée à le sensibiliser aux problèmes que je rencontre. Je propose cette petite expérience à Olivier, même si je le sais très à l'écoute de mes difficultés.

Solène lui tend des lunettes noires, complètement opaques, présentant au centre du verre un minuscule trou de lumière. Ainsi transformé en malvoyant, mon époux m'accompagne dans une zone commerciale où Solène me charge, ce jour-là, de repérer des boutiques.

À l'issue de cette épreuve, Olivier a pris conscience de l'écart qui existait entre le fait d'imaginer un handicap et de le vivre dans son corps. Il en retirera de nombreux enseignements même si d'autres aspects de mon comportement ne lui sont pas toujours accessibles.

Une partie de moi demeure mystérieuse. L'imprévu m'affole et je ne peux tolérer l'indifférence ou l'incompréhension face à ce que je vis. Certaines de mes réactions peuvent alors sembler excessives.

Je me rappelle ce jour où mon mari avait simplement éteint la chambre, alors que je regardais une comédie sur ma tablette. Mes photorécepteurs n'étant plus opérationnels pour la vision de nuit, je m'étais retrouvée dans le noir absolu, complètement paniquée. J'aurais pu prendre sur moi et attendre que mes yeux retrouvent peu à peu mon écran mais mon rapport à l'obscurité est tel que je m'étais précipitée pour tout rallumer. J'avais reproché à Olivier sa désinvolture, lui rappelant que je ne pouvais me maîtriser quand tout devenait noir. Lui et moi n'avions pas poursuivi ce dialogue. Nous nous étions compris.

Moment incontournable de la rééducation: le jeu des Post-it, petite variante incluant une partie entre mon époux et moi, sans oublier notre arbitre, Élodie, qui l'interroge avant de commencer. Elle veut connaître son degré d'implication au quotidien. En fait- il trop ou pas assez à mon égard ?

Pour l'aider à y voir plus clair elle introduit le jeu des Post-it jaunes qui est une manière singulière de comparer nos champs visuels. Elle les colle à divers endroits d'un pan de mur, et il nous faut les ramasser le plus rapidement possible. Évidemment je suis loin du compte. Mon cher mari en trouve dix et moi trois. Avec une vision amputée de tous les côtés, mes yeux et ma tête sont constamment en mouvement.

On enchaîne avec la quête d'un seul Post-it que mon mari repère en deux secondes et moi en deux minutes... Une succession de mises en pratique qui ne feront qu'accentuer ma fatigue visuelle. Les yeux ne suivent plus lorsqu'ils sont trop sollicités, ce qui arrive quand je m'impose trop d'activités.

En fin d'exercice, croisant le regard de l'homme que j'aime, je comprends qu'il n'avait pas mesuré mon travail visuel acharné et incessant au cours d'une simple journée.

Je lui avoue avec pudeur avoir toujours le

sentiment de courir un marathon. Élodie nous donne ainsi l'occasion de repenser l'organisation familiale. Savoir dire, partager, déléguer! Que chacun apporte ce qui lui pèse ou manque à l'autre!

Ces modestes tests ont donné l'idée à Olivier de mettre en place une campagne de sensibilisation tous publics. Je suis touchée. Je ne m'attendais pas à tant d'engagement de sa part.

Très créatif, il a confectionné des lunettes spéciales «bigleux» qu'il fait essayer à tous. Elles imitent celles qu'il a portées lors de notre tout premier exercice.

Les séances d'initiation se déroulent n'importe où et n'importe quand. Au cours d'un apéro entre amis, personne n'y échappe. Chaque invité a l'honneur d'enfiler ces lunettes de stars ! « Mais je vois rien ! », «où sont tes yeux?», interrogent les convives. Lors d'une balade familiale, il les propose à un volontaire courageux qui n'a pas peur de marcher de travers ou de buter sur des obstacles. Une approche subtile pour aborder un sujet qui n'est pas des plus drôles mais qui permet aux proches de comprendre aisément, sans pour autant plomber l'ambiance…

À la fin de ces séances, j'ai rempli les cases qui s'étaient vidées durant ma régression visuelle et toute l'équipe du centre y a contribué. J'ai repris confiance en moi. J'ai chassé de ma tête cette pensée inquiétante : « Que vais-je devenir ? ».

La vie me paraît plus clémente. Je ne m'interdis plus l'accessible quand je peux y arriver avec l'aide d'autrui. J'élimine les tabous qui m'emprisonnaient et je fais abstraction de cette peur du dérangement. J'avance en solo quand le terrain me le permet mais sans m'imposer d'horaires. Tout va bien, j'ai le temps. Et dans ce nouveau moi, je me suis trouvé une force intérieure, celle qui m'a donné le courage de relever la tête et de me reconstruire petit à petit.

Se confronter au handicap est souvent brutal mais nécessaire. Tout un travail pour que je parvienne à l'assumer progressivement, à accepter cette cohabitation. Dans mon entourage, on ne connaissait pas encore ma canne. Jusque-là, je prétextais le mauvais temps ou une surcharge de travail pour éviter de la montrer. Au centre basse vision personne n'était dupe. Puis, un jour, le déclic s'est produit, dû sans doute à un éclair de lucidité. Attention ! Rangez-vous, je suis prête !

Pour commencer, je me contente du commerce le plus proche. Héhé, trop fastoche ! Mais lorsque je m'aventure, mon cerveau ne suit pas le mouvement. Je subis ce désordre du corps et de l'esprit. Je voudrais faire marche arrière, mais une petite voix intérieure me souffle : « Reste ! Cet acquis t'ouvrira d'autres portes et de toute façon tu es déjà repérée. » Alors je poursuis. Je sens peser sur moi les regards, ou je les imagine. Au secours ! J'ai chaud. Je fixe de nouveau mes chaussures. *Cannou* se sent abandonnée, inutile. Dépitée, je préfère rentrer. J'en parle un peu au centre mais reste évasive.

Mes restants de vue

J'assiste à quelques groupes de parole avec notre gentille psychologue que je nommerai Hélène. Sa présence est fondamentale pour créer et maintenir le lien entre patients. Elle intervient quand elle détecte un mal-être ou pour alimenter un sujet. La première fois, je suis à l'écoute des expériences, coups de blues, anecdotes ou interrogations des uns et des autres. Je dirais même que je ne vois pas le temps passer. Cependant, je me dévoile peu ou pas assez. J'ai enfilé ma combinaison «intouchable». Je suis dans l'incapacité de recevoir ou de donner une brindille d'émotion. Je me contente d'observer, d'apprécier le climat ambiant. Est-il moite, maussade, orageux ou chaleureux ? Mais la petite voix revient. Elle me dit : « Arrête de te creuser les méninges. Pense à la raison de ta présence ici. Veux-tu te libérer ? Alors, ouvre-toi un peu plus ! Laisse-toi emporter ! »

À la deuxième séance je m'inspire des

réflexions des autres participants. Elles me donneront envie d'approuver ou de rebondir sur un nouvel épisode de maladresse, de déception ou d'espoir, vécu dans ma semaine.

Toutes ces personnes me comprennent. Nous sommes embarqués dans la même galère. Notre vie tangue. Je ne suis plus seule à mener ce combat et je reconnais que d'autres sont plus à plaindre que moi.

Un matin, alors que je suis morose comme le temps, supportant difficilement ma fatigue visuelle, une rencontre qui me touche vient balayer cet inconfort. Elle est aveugle et ses yeux sont définitivement éteints. Elle ne peut se raccrocher qu'à la voix et au toucher. Je voudrais saisir sa main mais on se connait peu, alors j'attends le bon moment. Deux jours plus tard je l'entends me dire : « Oh je reconnais votre voix ! ».

J'aurais dû, alors, tenter un geste d'amitié mais je n'ai pas osé, de peur qu'elle le prenne pour de la pitié. C'est injuste ! Ma vision très réduite me laisse encore la chance de voir des fragments de chaise, de visage, de sourire, de fleur... Je suis donc dans l'urgence de consommer cette petite portion de vue avant que tout ne s'éteigne, avant d'être comme elle. J'ai encore tant de belles choses à voir !

Remplie de joie, je transmets un peu d'euphorie à *Cannou* avec qui je m'aventure de plus en plus souvent ! En toute légèreté et délivrée, je prolonge ces instants de liberté.

Sur le trajet, je remarque des mouvements d'écart, d'arrêt, de recul. Je finis par comprendre que les gens me facilitent le passage. Trop d'honneur ! Le monde extérieur est devenu mon ami, je me mélange à lui sans paraître gauche, déplacée ou en surtension. Je ne bloque plus pour ma monnaie lorsque je prends mon pain. *Cannou* fait passer le message en cas d'attente prolongée. Merci d'avance !

Au supermarché, je m'autorise du temps à la caisse pour le rangement de mes produits dans mon caddy. Je n'écrase plus mes fruits et légumes, je dis stop au stress inutile. Ma fille de dix ans ne comprend pas la curiosité des gens. Elle remarque qu'ils se retournent pour m'observer : « Maman, je suis gênée qu'on te regarde ainsi ! », dit-elle. Alors, je la rassure : « Ne t'inquiète pas. Ce sont eux qui ne sont pas à l'aise. En plus, je ne les vois pas ! »

Un après-midi, en compagnie de mon époux et plutôt détendue, je sors sans *Cannou*, mais je me retrouve dans un lieu inconnu. Malgré tout, je décide de faire confiance à mon mari. Ce n'est pas un test, mais une situation imprévue qui m'oblige à reprendre mon rythme d'avant.

Sans ma canne, je plisse les yeux, concentrée sur mon puzzle pour rassembler les petites pièces du paysage. C'est une parenthèse pesante, contraignante mais pas insurmontable qui s'ouvre sur la dure réalité de mon déficit, mais que je fermerai dès que j'aurai retrouvé ma fidèle compagne.

Dans ma maison, c'est une autre histoire. J'y suis très à l'aise car je la connais. Alors, ma famille a tendance à oublier que mon champ visuel est extrêmement réduit et ne fait pas toujours attention. Aussi, je fonce sur un tiroir entrouvert, une porte à demi fermée, une chaise déplacée, je renverse des verres posés au mauvais endroit, je joue à cache-cache avec des chaussettes et laisse traîner des bols poisseux sous le lit de mes filles.

Toutes ces négligences qui m'épuisent, je les confie à la personne de l'aide au quotidien que j'appellerai Annie. Très à l'écoute de mes mésaventures, elle perçoit ma lassitude et me suggère d'organiser une réunion de famille afin que chacun prenne conscience de mes difficultés.

Je mets à profit ses conseils mais préfère intervenir sur le vif, plutôt qu'en mode « cellule de crise ». Je cherche le coupable et me montre plus ferme. Parfois mon mari ajoute une piqûre de rappel. Quelques changements s'opèrent, les réflexes s'automatisent, mais bien vite mes filles estiment que je peux encore m'adapter. Elles ne se rendent pas compte que si mon corps a quarante-neuf ans ma rétine, elle, n'a plus d'âge tant elle est abîmée. Il est vrai que je ne peux connaître à l'avance le jour où mes yeux s'éteindront, cette date fatidique qui signera mon entrée dans le monde de l'obscurité éternelle. Je voudrais seulement préparer mon entourage à une situation critique qui nous impliquera tous. Toutefois, mes filles vivent plutôt sereinement mon handicap et je dois préserver cet état d'esprit positif qui consiste à dédramatiser le présent le plus longtemps possible.

Sans pour autant être dans le déni, il est important de leur rappeler que je suis une maman comme les autres mais que ma maladie me freine parfois dans mon rôle de mère et qu'il m'arrive d'en ressentir de la frustration. Après tout, n'est-il pas naturel qu'elles sachent que je ne pourrai bientôt plus être une *Wonder Woman* ?

Mes amis aussi doivent savoir à quoi s'en tenir. Ceux que je connais depuis l'enfance considèrent mon handicap comme une partie intégrante de moi-même. Ils ont certes remarqué qu'il prenait de plus en plus de place dans ma vie mais ce changement n'influe en rien sur notre amitié. Ils ont suivi sa progression et ont acquis des réflexes d'anticipation. Ils savent toujours à quel moment intervenir pour me faciliter la tâche et je leur accorde toute ma confiance. Les autres, ceux que je me suis fait plus tard, découvrent ma maladie et font de leur mieux pour la comprendre. Beaucoup n'avaient rien soupçonné et pour ceux qui expriment le souhait de vivre, ne serait-ce qu'une minute de mon existence, je leur ai résumé dans un mémo les difficultés que je rencontre.

Jour après jour j'ai suivi l'évolution dégénérative de ma maladie et les questions auxquelles je n'ose pas répondre encombrent mon esprit. Ne suis-je plus la personne que j'étais dans ma vie d'hier ? Quand je partais en balade, j'explorais tout, rien ne m'échappait. Lors d'une virée shopping entre copines, je repérais les soldes avec efficacité sans jamais ressentir d'épuisement. Pendant un footing je dévorais la nature sans la moindre torsion de la tête et du corps. En cours de danse, je bougeais avec aisance sans que ma voisine ait à craindre un éventuel coup de pied. Au volant de ma Mégane décapotable je roulais des mécaniques. Au travail, j'atteignais mes objectifs sans méfiance et sans peur d'un quelconque incident… Je ne peux plus continuer à cette cadence mais j'ai encore la chance de m'autogérer. Je ne dois pas perdre cela de vue. Il m'est arrivé de penser : « Si on me donnait le choix entre devenir sourde ou aveugle, je choisirais de condamner mon audition. » La vision regorge de telles richesses ! Quant à l'autonomie, elle ne sera jamais optimale, selon moi, sans la vue alors qu'elle peut l'être sans l'ouïe.

Le soleil, en élargissant ses rayons, vous transperce, vous réchauffe de bonheur ; les paysages, fiers de leurs palettes colorées, vous emmènent vers l'apaisement, le bien-être ; les visages et leurs multitudes d'expressions peuvent encore vous surprendre ; les scintillements de Noël vous émerveillent inlassablement. Clic, quel sourire ! Voilà le moment d'immortaliser une fête, un événement exceptionnel.

Le plus douloureux pour moi sera l'effacement des visages de mes proches. Alors, évidemment, je musclerai ma mémoire pour conserver le plus durablement possible ces images. Avec les années, hélas, leurs traits disparaîtront pour ne plus exister, comme sous le frottement d'une gomme. J'ose espérer que cette différence me donnera le privilège d'une relation exclusive et particulièrement belle avec mes petits-enfants. Mes yeux s'éteindront-ils avant que je ne les voie ?

« Entre bien dans mes yeux pour que je me souvienne bien de toi. », écrivait Charles Baudelaire.

Cependant, le déficit auditif sévère présage lui aussi l'adieu aux rires de mes enfants, aux réveils de la nature, aux sons de mes musiques préférées. La musique adoucit les mœurs… Voilà ce qui me manquera le plus. Capable de me transporter, de m'entraîner partout et nulle part, peu importe le lieu, avec elle je me sens bien. Elle est en mesure de pimenter une soirée, de transformer un petit coup de *blues* en petit coup de *fun*.

Ouvrez grand vos oreilles ! La musique vous bercera, vous endormira ou, naturellement, vous déhanchera. Savourez les conversations animées entre amis, écoutez les chants d'oiseaux, le roulis des vagues, les colères de l'océan... Écoutez bien tous ces sons, vous qui avez la chance d'entendre !

Paul Valéry disait : « L'oreille est le sens préféré de l'attention. Elle garde, en quelque sorte, la frontière du côté où la vue ne voit pas. »

J'ouvre grands mes yeux. Ils sont plus expressifs que de coutume. Ils tentent d'exprimer ce que la vision englobe : l'admiration, la contemplation, les regards coquins, complices, amoureux, amicaux, les expressions colériques, enjouées, la possibilité de jouer avec les couleurs, comme celles des vêtements pour se sentir bien dans sa peau, sachant que la plus belle couleur du monde est celle qui nous va bien.

Regardez ! admirez ! contemplez ! Vous qui voyez, ne cessez jamais d'apprécier la perception des rayons lumineux, ne cessez jamais de vénérer ce cadeau inné qu'est la vision !

Génétique

Le syndrome de Usher est une maladie génétique dont la transmission est appelée récessive autosomique, ce qui signifie qu'elle touche aussi bien les filles que les garçons. Il n'est pas transmis par les chromosomes sexuels et deux versions du gène malade sont nécessaires pour que le syndrome se déclare. Pour qu'un enfant soit concerné par la maladie, il faut qu'il reçoive le gène malade de ses deux parents considérés comme porteurs sains.

La forme la plus fréquente de la maladie se caractérise par l'atteinte en premier lieu des photorécepteurs responsables de la perception de la lumière, les bâtonnets, cellules se trouvant à la périphérie du champ visuel. Cette altération entraîne d'abord la perte de la vision nocturne nommée l'héméralopie, suivie par une sensibilité extrême à la lumière appelée la photophobie et, enfin, par le rétrécissement progressif du champ visuel périphérique entraînant la cécité partielle ou totale selon l'atteinte des cônes qui se chargent de la vision diurne. À la mort progressive des photorécepteurs elle engendre une migration des pigments, de petits points noirs, qui fusionnent, provoquant alors comme de grosses taches d'encre !

Lors de mes bilans annuels, j'aperçois des clichés de ma rétine, d'une couleur orangée translucide, luisante, qui serait tellement plus belle sans ces maudits nuages menaçants.

Mes parents ont dû porter le poids de la culpabilité. Aujourd'hui, je suis à mon tour une maman et je peux comprendre. Cela s'appelle de la malchance, personne n'y peut rien. Je crie haut et fort : « Ils m'ont réussie ! », mais surtout : « Je suis encore là… »

Le risque de la transmission pour mes filles est faible. Mes deux ainées ont souhaité faire le test il y a quelques temps mais je les en ai dissuadées. Elles n'ont aucun symptôme et l'annonce de la présence d'un gêne défectueux peut générer un stress inutile. C'est aussi pour cette raison que mon mari a respecté ma décision et n'est pas allé se faire tester. Quand mes filles seront en âge d'avoir des enfants, ce sera sans doute le bon moment d'effectuer ces démarches.

Bruno

Bruno, mon frère, je pense à toi. On détestait ta schizophrénie et toi tu détestais ta vie, entretenue par les démons de ta maladie. La perte d'un enfant est un profond déchirement pour des parents, une plaie qui ne cicatrise jamais complètement.

« Pourquoi il me regarde ? », me dit un jour Bruno, en scrutant un voisin dans son jardin. Je lui répondis alors : « Mais non, si tu l'observes bien, il est concentré sur son jardinage. » Mon frère se mettait souvent en travers de mon passage, cette obsession d'attirer mon regard en faisant le pitre était probablement une manière d'atténuer sa souffrance intérieure. J'étais réceptive, captive devant son malaise, mais parfois, profondément attristée par la souffrance psychologique que sa maladie causait à mes parents.

Bruno, tu étais pourtant doté d'une grande sensibilité ! Une sensibilité bien à toi et tellement touchante… Mais tu as fait ton choix et il serait malvenu de t'en vouloir. Tu as agi ainsi malgré tout l'amour que tu nous portais, malgré tout l'amour que nous te portions. Nous acceptons ta décision, une décision mûrement réfléchie. Sans cesse je pense à toi et je me dis : il ne se sent plus persécuté, il n'est plus torturé, il est en paix... Quant à Sébastien, de six ans mon cadet, ce petit frère est une réussite ! Il est beau et gentil et nous nous entendons tellement bien !

Mes autres perceptions

Ces sens dont je suis partiellement privée en ont renforcé deux autres, le toucher et l'odorat. Pour ce dernier, j'en ai pris conscience très tôt, quand tous les parfums venant de loin ou du passé ont ressurgi, comme ceux qui nous renvoient quelques années en arrière : l'odeur du riz au lait de ma grand-mère, celui de mon lit en bois massif... J'ai cette mémoire sensorielle très développée et je suis réceptive aux odeurs ponctuelles, qu'elles soient nauséabondes ou agréables. Me retrouver serrée avec d'autres dans un tramway m'est intolérable. Subir ces mélanges de sueur, de parfums, le relent de friture qui m'explosent aux narines, me dégoûte. En revanche, sentir la peau des petits bras de ma fille de dix ans me renvoie l'image de ma progéniture, des senteurs printanières, de l'arôme envoûtant des roses ou d'une pelouse fraîchement tondue. Je m'enivre, prolongeant encore et encore ces moments.

Pour ce qui est du toucher, mes mains sont toujours là pour me protéger, lors des soirées, pour éviter de me prendre un mur, une porte ou un poteau dans la figure… J'ai développé ce sens assez tard, vers l'âge de trente-cinq ans, quand mon assurance a commencé à me jouer des tours. Je touche, je fais glisser mes mains sur les objets, sur ce qui m'entoure. Cette nouvelle technique de repérage me rassure. Mes mains deviennent un outil de détection. Je me fie à cet instinct qui m'amène à frôler, à effleurer. C'est une méthode de prévention. J'agis ainsi par nécessité, une alternative pour éviter des accidents et surtout, je m'efforce de garder une main libre pour appréhender l'espace et contourner les obstacles. Je me souviens de ce saladier de crudités que je tenais à pleines mains et de ces deux bouteilles remplies d'une soupe appétissante que j'ai heurtées et qui sont tombées, l'une après l'autre, comme des dominos. Mes deux mains prisonnières n'avaient pu prévenir le danger.

Le toucher, a pris une autre dimension, dans ma sensibilité. Avant, si une main m'effleurait sans intention particulière, je ne ressentais rien, aujourd'hui je l'interprète comme un signe et toute mon attention est portée sur la personne qui m'a touchée, qu'elle soit inconnue ou fasse partie d'un cercle d'amis. J'ai alors envie de m'intéresser à elle de loin comme de près et de lui rendre la pareille avec ce geste qui perdra alors de sa banalité. Je dirais que la disparition d'un sens rend les autres gourmands. La magnificence du partage est au cœur des caresses, des accolades, des embrassades, ma peau n'a jamais été aussi réactive, encore plus frissonnante au contact des autres, une sensation décuplée que j'accueille volontiers pour estomper ce que le syndrome de Usher m'a malheureusement retiré. Le toucher est là aussi pour me sécuriser, le balayage des mains pour limiter tout risque de maladresse. J'applique mes doigts et mes paumes sur les murs et les surfaces pour passer d'une pièce à l'autre. J'ai cette volonté de développer ce sens pour maintenir avant tout un reste d'indépendance. Ma vue s'éloigne, mais je me rapproche toujours plus des autres. Je n'ai pas encore assouvi les larges possibilités que ces derniers peuvent encore m'offrir.

Que sera demain ?

Une question me vient à l'esprit : « Que ferai-je plus tard ? » Je ferme les yeux un instant, je refuse de me prendre au sérieux, l'autodérision revient au galop, car je ne vois que des scènes comiques. Je pourrai encore m'habiller, mais en dépareillé, me doucher avec le shampoing; me laver les cheveux avec le gel douche; me coiffer en oubliant des mèches. Pour le maquillage, c'est terminé ou alors ce sera pour Halloween. Cuisiner … peut-être mais en mode débutant et tant pis pour la charlotte au chocolat. Faire mes courses… : « Maman, ce n'est encore pas le bon lait ! ». Faire le ménage… si ça ne me dérange pas d'astiquer trois fois au même endroit ! Sortir… il faudra optimiser la distance ou prendre un chien guide. Utiliser ma tablette ? Inutile de faire semblant, je la donnerai à mes filles. Et ces nombreux romans figurant sur ma liseuse… allez, c'est mon jour de générosité, un preneur ?

Le braille … je le vois comme mon nouvel outil sans savoir que l'apprendre à mon âge représentera un investissement considérable. Toutes ces petites initiatives, ces nouvelles orientations deviendront de grands défis, sans compter que j'embarquerai ma famille dans cette galère ! Mais mon orgueil ne laissera pas de place à l'humiliation, à l'étouffement, en voulant trop intervenir. Je ne cesserai de me répéter : « Je peux le faire, je dois le faire ! » Je chamboulerai ma maisonnée. Viendra une période traumatisante pour moi, désabusée par tout et par rien, et déstabilisante pour mes proches, une phase au cours de laquelle ils subiront tout ce noir qui m'enveloppera. Un monde qui leur sera inaccessible, intouchable. Il faudra tolérer les sautes d'humeur de chacun, les vides, les rejets, un passage incontournable.

J'imagine que j'évoluerai ensuite vers une vie rangée où tout se réorganisera. Tels des funambules, ma famille marchera sur ce fil. Peu importera alors la durée de ce déséquilibre. Nous apprivoiserons notre nouvelle fragilité. Puis, à force de persuasion, nous atteindrons l'harmonie et une forme de répit. L'isolement est ma crainte, mon ennemi. Rapidement, j'envisagerai donc l'achat d'équipements spécialisés : un portable équipé d'une reconnaissance vocale, des livres audio, un appareil détecteur de couleurs… Je serai différente, j'existerai davantage dans le fondamental, la vraie vie sans artifice. Mais aurai-je assez de temps pour tout faire ? Déjà, plus que partiellement privée de la vision j'ai du mal à tenir les délais, mais une fois atteinte de cécité totale, que me restera-t-il ? Quelles activités me sera-t-il possible de développer ou d'exploiter différemment ? La musique pour neutraliser la lassitude de cette nuit sans fin, la lecture vocale des livres pour m'évader, la poursuite de ma gym tibétaine basée sur la respiration, les étirements et l'assouplissement. Il sera primordial de bien se vider la tête pour faire face à ce nouveau quotidien, cet adversaire redoutable.

Alors mon *sensationnel* fera son apparition. Dans sensationnel il y a le mot sens. Je sais à quoi il ressemblera. Il est déjà tout proche. Il progresse doucement. Basé sur l'émotionnel et l'intelligence intuitive, il sera ce sixième sens que j'ai développé à force d'être dans l'observation et le décryptage, ces balises auxquelles je me raccroche pour compenser mes manques sensoriels. Quand il sera définitivement à mes côtés, je serai en mesure de percevoir la détresse d'un ami et d'éponger les larmes d'un autre. Il sera authentique, dépouillé de toute toxicité qui empoisonnerait mes vraies valeurs. Je lui vouerai une confiance absolue, aveugle, car il redonnera un sens à ma vie. Ce *sensationnel* sera tout un programme pour continuer à exister aux yeux des autres, et ne pas les léser en retour.

Le corps est bien fait

Notre monde humain bascule vers une existence surhumaine. Victimes de surmenage, il pourra nous sembler difficile, dès lors, de dénicher un petit coin de recul sur la vie ou sur les gens. Si, dans votre jardin des cinq sens, certains sont abîmés, sachez que près de vous il en existe un sixième.

On vous donne la vie, alors, ne gaspillez pas votre énergie et votre temps pour des *a priori*, des on-dit, des rancunes, des non-dits. Soyez vous-même, assumez vos positions, vos choix, vos goûts. Dans mon univers, nous ne sommes plus dans le paraître, mais dans l'honnêteté, la pureté. Les yeux fermés, ouvrez ce que vous avez de vrai en vous. Pour que l'essentiel ressorte, soyez à l'écoute de votre corps, de votre esprit et des autres. Vous aurez sûrement un jour besoin d'une épaule, d'une main pour exprimer vos frustrations, vos peines. Un jour, vous vous sentirez utile car on vous demandera votre bras protecteur. Ce sera le moment d'être unique.

Chérissez vos cinq sens, parfois mal exploités car on a tous cette fâcheuse tendance à survoler, à bâcler et surtout à prendre pour acquis, ordinaire ou légitime l'ouïe, la vue, le toucher, le goût et l'odorat. Il suffit d'un tout petit rien pour résumer leurs pouvoirs. Un exemple concret : vous êtes assis dans votre salon de jardin, vous buvez un thé délicat dont vous respirez l'odeur citronnée en croquant votre biscuit. Votre oreille est sensible au chant des oiseaux ou à celui des grillons et vous admirez naturellement la nature qui danse avec le vent, les couleurs qui varient en fonction de la lumière, ou la beauté d'une image fixe, comme immuable en l'absence de brise. Vous contemplez ce tableau et tous vos sens sont en éveil sans avoir fait un seul mouvement.

Vous remarquerez que je n'ai pas abordé le goût. Je l'apprécie comme vous et tout autant. Je savoure, tout comme vous !

Un jour, un ami m'a dit : « Je sens que tu as quelque chose en plus, ton goût, par exemple, est plus développé ». C'est vrai que j'apprécie une crème brûlée, une raclette… que mes papilles sont rapidement en éveil, mais ce petit quelque chose en plus nous l'avons tous. Pour beaucoup d'entre nous, il est ignoré. Je dirais que nous avons une capacité intuitive, que nous pouvons déceler ce qui est bon ou mauvais pour notre corps et notre esprit.

Comme une petite voix intérieure, une réaction corporelle nous guide vers un nouveau choix, une nouvelle direction ou nous propose une nouvelle solution. Prendre des décisions sages, sans risques est rassurant, mais on s'aperçoit parfois que ce choix n'apporte rien. Or, n'a-t-on pas droit à une deuxième chance ? Il faut être plus à l'écoute d'un signe intérieur ou extérieur, comme une question ou une réponse qui s'invite à soi, et pourquoi pas cette idée nouvelle, cette éventualité, ce chemin ? C'est une intuition qui vous appelle ou vous rappelle que tout est possible. Osez ! On peut aussi appeler cela le *feeling*. Une faculté qui se met également en place pour moi. Je n'ai pas de mérite, j'avoue que toutes ces sensations nouvelles, je les acquiers en perdant progressivement la vue. Comme quoi, le corps est bien fait : un manque peut embellir la vie d'une autre manière.

Ma famille

Cette particularité, cette erreur génétique c'est moi qui la détiens, moi seule. Elle m'appartient et je dois l'assumer. Ce n'est pas un choix, bien sûr, mais c'est à moi qu'elle a été attribuée. Il n'est donc pas souhaitable de faire porter sa différence par ses proches, il n'est pas juste que cela leur pèse. Je veux que mes filles soient elles-mêmes et vivent leur jeunesse. Elles ne sont pas ma canne. Je suis leur mère et les rôles ne doivent pas s'inverser. Chacune, à sa façon, a besoin de sentir que je suis sa maman et non une personne dont elle doit s'occuper. Pour sa part, mon mari Olivier, tient à ce que je compte sur lui pour toutes les difficultés de la vie quotidienne. L'essentiel pour moi est de savoir que mes proches sont là quand je me sens dépassée, déprimée…

Enola, ma fille la plus jeune, a voulu connaître la raison de mon suivi au centre de basse vision. Pour lui expliquer, j'ai choisi des mots délicats :

« Aujourd'hui, j'ai besoin d'être guidée. » J'ai passé ma main dans ses cheveux et lui ai confié que je me sentais de moins en moins en sécurité, que je redoutais de sortir. Elle semblait comprendre mais à mon changement de voix lorsque je m'apprêtais à prononcer le mot *canne*, l'émotion que je ne parvenais pas à dissimuler l'a poussée à se réfugier dans mes bras en sanglotant. Un vrai chagrin, c'était déchirant. Je n'ai plus rien dit. Je l'ai serrée simplement contre moi. Sa peine était trop vive pour envisager un vrai dialogue. J'ai donc pensé lui en parler plus tard, lors d'un goûter chez Mac Do, moment propice à la bonne humeur. Mais lorsque l'opportunité s'est présentée, je l'ai regardée sauter, chanter… Son épanouissement se diffusait dans tous les coins et recoins de la pièce ! Alors, pourquoi serais-je allée perturber son bonheur d'enfant ?

J'essaie d'imaginer

Si demain on me ditsait : « Dans soixante-douze heures, vos yeux s'éteindront. Que souhaiteriez-vous découvrir ou redécouvrir ? » Je ressortirais alors tous mes albums photo pour stocker les images sur le disque dur de mon cerveau. Je retournerais contempler la mer pour m'asseoir au plus près d'elle. Je planifierais une photo de famille plutôt déjantée que j'accrocherais dans ma chambre pour pouvoir l'admirer sur mon temps décompté. Je programmerais une journée au zoo avec mes parents, mes filles, mon frère et sa petite famille, étant une amoureuse inconditionnelle des petites et des grosses bêtes.

Allez, c'est votre jour de chance. Je vous accorde une semaine supplémentaire ! Alors, on s'envolerait pour la Corse, le temps d'un week-end en famille. On sillonnerait la Bretagne en camping-car, on partirait en amoureux pour la Thaïlande ! J'admets, c'est un peu ambitieux et gourmand…

Si je ne concrétise pas tous mes souhaits, certains pourront être vécus par la suite en me servant de la profondeur de mes autres sens.

J'aimerais aussi réaliser un jeu entre amis, celui des yeux bandés où chacun effectuerait un parcours préétabli, puis un autre qui consisterait à lire sur les lèvres... De petits amusements pour aborder astucieusement ces déficiences sensorielles.

J'imagine déjà la journée standard de mon prochain rôle de non-voyante.

Selon mon habitude je suis la première debout, donc je n'allume pas le couloir. Mes mains glissent le long du mur. Attention, une porte ! Sensation propre aux non-voyants. Je ralentis, je la fais coulisser et pénètre dans la cuisine. Comme tous les matins, le couvert du petit déjeuner est mis. Je me dirige vers l'îlot central. Dans le deuxième tiroir je prends ma tasse, puis je me déplace vers la machine à café. À droite j'allume et à gauche j'appuie sur « dose allongée ». Puis je prépare ma fille la plus jeune. Elle se débrouille seule mais je dois simplement surveiller l'heure. Je m'active pour le rangement de la cuisine, de préférence sans casse. Je promène mon aspirateur entre deux miettes. J'allume mon détecteur de couleurs pour faciliter le tri du linge. Je palpe les matières. « Mince ! C'est le pull préféré de Romane ! » Alerte, lavage à froid ! Ouf, j'ai évité le pire ! Mais Élisa cherchera encore pendant des heures un pantalon que j'aurai rangé dans un autre placard ! Je prépare le déjeuner en faisant le piquet devant la cuisinière. J'évite ainsi de faire brûler les plats ou de laisser déborder les casseroles. Je repasse le linge, mais juste au milieu.

La pendule vocale annonce midi. Comme le temps passe vite quand on accomplit peu de choses ! C'est paradoxal, mais il y a ce frein dans tout ce que j'entreprends. Ma vitesse rétrograde, ralentissant subitement pour me prévenir : Stop verre ! Stop chaleur ! Stop porte ! Au fond de moi, je bouillonne à cause de ce manque d'efficacité, mais mon corps, mes gestes doivent être en cohérence avec le mode au ralenti, une autre manière d'aborder mon quotidien. Il ne m'est plus possible d'accélérer. En cas d'excès, ce ne sera pas une amende qu'on m'infligera, mais une remarque.

L'après-midi, je me repose une demi-heure, lassée par tous ces panneaux « Attention danger ! » Puis, j'allume la télé pour remplir un peu mon vide coloré et sonore. Je pense ensuite à ce roman que je lis. Je poursuis ma lecture. J'écoute de nouveau la sonnerie de la pendule. Quinze heures quarante-cinq. J'abandonne mon livre. J'ouvre le frigo et tâtonne à la recherche des ingrédients. Je cogite pour composer le menu du soir. Il est seize heures. Songeant aux devoirs de classe qu'il me faudra superviser, je prends un peu d'avance. Pour la soupe, j'ai tout à éplucher : poireaux, oignons, carottes, pommes de terre …

Dix-sept heures. Enola pointe le bout de son nez. Pour elle, c'est le goûter. On enchaîne avec les leçons. Même si je dois apprendre à lui faire confiance, je ferai certainement appel à ses grandes sœurs… Dix-sept heures quarante-cinq, je termine la préparation du dîner. J'ai furieusement envie de me défouler. Alors, je grimpe sur mon vélo d'appartement et pédale au rythme de mon baladeur, pour trente minutes d'évasion.

Je dois accepter un rendement en baisse, mais je gagne au change : je ne connais pas l'ennui dans mes activités imaginaires. Bizarrement, je n'ai pas programmé de sorties. Rien ne me vient à l'esprit. Comme un barrage. J'ai un sentiment de frayeur. Je zappe le problème, refusant d'y voir sans doute le scénario d'une balade qui pourrait mal tourner, la peur de me perdre, de chuter…

J'ai trois angoisses : la perte d'autonomie quand je suis dehors, le silence et le ridicule. Privée de repères visuels la réalité de la rue me fait peur. Il me faut un chien guide, c'est évident ! Le silence me terrorise, je le trouve lugubre. « Oh, oh ! Vous m'entendez ? Tous les bruits sont les bienvenus, même ceux des casseroles ! » Le ridicule, lui, peut frapper n'importe quand, notamment au cours d'un repas convivial. « Regarde le temps qu'il fait, c'est déprimant ». Moi : « Ah bon ? » Ou cette blague que je ne comprends pas. « Arrête de penser, me dit-on, tu bouillonnes ! » C'est vrai que je n'arrête pas de faire travailler mes méninges depuis que je ne vois plus. « Ça va ? » Mince, la question m'était adressée. Encore une que j'ai ratée. Comment me dépêtrer dans ce tourbillon de phrases ? C'est étourdissant. Ah ! celle-ci était pour moi, je l'attrape !

Pour minimiser mes peurs et la hantise de ce néant qui m'enveloppe peu à peu, je compenserai par le toucher. En dehors de la routine, je provoquerai des rencontres. Dans ce monde plein d'exigences et de contraintes, on court après le temps. J'essaierai d'ajuster la posologie : une dose pour le travail, une dose pour la famille, une dose de détente... Pour cette dernière, un simple café entre copines pourra suffire. Alors, pas d'excuse pour le « je dois faire ceci, je dois faire cela ». Et si la semaine a été rude, ce sera l'occasion d'effacer de mon esprit les mauvais souvenirs. Alors, les jours qui suivront seront des journées lisses et, pour ne pas en perdre le bénéfice, comme lors d'un traitement, il ne faudra pas interrompre la prise régulière ! À méditer…

Un jour, j'ai imaginé transférer mon handicap sur une personne lambda. De mon côté je n'ai plus aucun problème et m'amuse de son changement d'humeur : *Quoi ? Bah non, je n'étais pas au courant. Tu me l'aurais dit, je m'en serais souvenu ! … Il est pénible à ne pas articuler ! … Il pourrait regarder où il met ses pieds !*

Une amputation de l'un de ses sens, c'est aussi un fragment de son corps, de son esprit qui se détache. À cela s'ajoute une atteinte morale. Alors, il faut s'adapter, compte tenu de cette pièce manquante qui vous donne l'impression d'être en déséquilibre. Pourtant, aussi étrange que cela puisse paraître, on finit par découvrir une harmonie. Peu à peu, on s'approprie ce nouveau corps.

Toujours dans ce contexte d'échange de rôle, et dotée de tous mes sens, c'est à mon tour d'être exaspérée quand trop d'images passent devant mes yeux. Aucun fait et geste ne m'échappe, comme l'attitude de ma fille cadette qui en laisse toujours dans son assiette ou une connaissance qui fait semblant de ne pas me voir. En pleine conversation amicale, où les mots et les bruits résonnent, je ne comprends pas qu'on parle aussi fort et autant ! Je ne suis pas sereine. J'ai plutôt le sentiment d'être persécutée. Le temps viendra sans doute m'aider à prendre le chemin d'un nouvel envol.

J'adore les jeux ! Promis, c'est le dernier ! Je vais alors penser à la place de gens inconnus lorsque je fais une entrée fracassante avec *Cannou*, ma fidèle partenaire.

— La pauvre !

J'ai mes deux mains, mes deux pieds et une tête correcte. Pourquoi ferais-je pitié ?

— Je n'aimerais pas être à sa place !

Elle a raison ! Ce n'est pas drôle.

— C'est bizarre, on dirait qu'elle voit.

Un peu, beaucoup, énormément, pas du tout !

— Elle va où comme ça ? »

Même pas peur !

— J'aimerais bien lui parler mais je n'ose pas.

Je ne mords pas.

— Je vais l'aider.

Suis-je en difficulté ? Suis-je par terre ou sous une voiture ? Non, alors tout va bien !

C'est un humour un peu grinçant, je l'admets, mais ça me fait tellement de bien et je ne critique pas l'opinion des uns et des autres. Nous sommes libres d'exprimer nos émotions et nos points de vue de manière différente tant qu'il n'y a pas de méchanceté.

Au cours de cette analyse, j'ai retiré un à un tous ces poids, du plus lourd au plus léger, en abordant délibérément, sans tabou ni pudeur, mon passé, mon présent et mon futur. Je retiens le plus important : je dois m'assumer pleinement sans regarder en arrière car les regrets me font piétiner. Ainsi, quand tout sera mis en ordre dans mon corps et mon esprit, je serai plus réceptive aux autres. Telle une fleur : si une tige est abîmée, elle le restera, puis un pétale fané tombera, mais viendra une renaissance et de nouveaux pétales s'offriront généreusement à la nature. Sa différence l'embellira à tel point peut-être qu'elle sera aussi attachante qu'une fleur dont le parfum est proche de la perfection.

Moi, je vis !

Je me sens prête, je vais y arriver, je peux tourner la page mais avant, je dois restituer un événement qui, malgré les années, est pour moi toujours aussi douloureux.

J'ai vingt ans. Au cours d'un dîner en famille l'ambiance est pesante. Mon frère Bruno s'exprime platement puis s'énerve. Nous subissons. Mes parents cherchent un moyen de l'apaiser mais il devient agressif et rejette subitement toute son existence, les injustices, les incohérences, la bêtise humaine. La note la plus haute de ce crescendo est atteinte lorsqu'il crie le mot *suicide*. Nous sommes tous effrayés par sa violence verbale, mais je remarque surtout la peine de mes parents. N'arrivant plus à me contenir je lui hurle : « Vas-y, fais-le ! » Quelques temps plus tard, Bruno passe réellement à l'acte.

Longtemps j'ai culpabilisé mais aujourd'hui je suis convaincue que rien ni personne n'aurait pu l'en empêcher. Sans le vouloir j'ai abrégé ses souffrances. Il était épuisé. Cette torture psychologique le rongeait. Je sais pourtant qu'il nous aimait profondément, mais son désarroi a été plus fort que cet amour.

Je m'efforce de garder des souvenirs doux, comme des fous rires, l'image d'un frère protecteur, ses grands yeux en amande et rieurs malgré l'omniprésence de ses démons.

Mon frère est parti beaucoup trop tôt. Je pose une main sur mon cœur : moi, je vis. Je prends pleinement conscience de cette réalité.

La brume arrive à l'horizon. J'éteins mes yeux quelques secondes et m'enfonce silencieusement dans ces ténèbres. Elles semblent m'apprivoiser peu à peu. Je peux me leurrer, bien sûr, et prétendre échapper à ce monde obscur, mais il m'attend. Alors, qu'on m'accorde un délai supplémentaire car j'ai encore en moi le plaisir d'utiliser mes yeux, d'admirer tout ce qui passe devant moi, de jouir à fond de mes restants de vue ! Je ressens aussi l'immense joie d'ouvrir mes oreilles pour un moment de bercement, de refuge, de puissance, d'échanges. Tout ce concerto de mélodies et de rayonnement que je consomme sans modération, cet excès tellement permis, tellement exploitable, je m'en imprégnerai jusqu'au bout, sans aucune restriction jusqu'à l'épuisement des sons et des lumières.

Mes pas ont encore progressé vers ce noir total, cette évidence qui me rend vulnérable. Cependant, je suis moins frustrée, je suis moins en colère contre cette injustice. Je me sens plus solide et mieux armée pour affronter ce néant, le dompter, le repousser tant que j'en ai encore la force.

Je dois profiter, dévisager inlassablement ma famille et mes amis pour stocker toujours plus d'expressions, de détails physiques. J'enrichis ma mémoire, je la remplis d'images, je veux agrandir mon album mental pour le contempler aussi longtemps que je le pourrai quand je serai dans ce monde nouveau.

Je développerai le toucher et l'odorat pour conserver le parfum des gens que j'aime.

Profiter encore et encore du paysage. Je le mitraille à l'aide de mon appareil photo, en pensant naïvement qu'il effectue une sauvegarde dans la mémoire interne de mon cerveau. Je veux poursuivre mon voyage aussi loin que possible.

Profiter de *Cannou* ! Elle sait si bien alléger ma fatigue. Je travaille encore l'anticipation et la précision, je deviens exigeante, je veux qu'elle reste à mes côtés.

Profiter de ma chienne Java ! Je sollicite sa présence dans mon quotidien. Qu'elle continue de me rassurer quand je serai dans le noir absolu. Elle m'apaise.

Profiter des couleurs, des expressions humaines ! M'évader dans une fiction en me rapprochant le plus possible de l'écran, puis quand il n'y aura plus rien mes oreilles prendront le relais.

Me pomponner, observer mes imperfections. Je veux les atténuer et continuer à appliquer ma crème pour sentir ma peau lisse et douce, continuer à me parfumer pour respirer le printemps. Je dois rassurer mon entourage et lui montrer que je peux encore briller et être heureuse.

Derniers préparatifs

En quelle saison, à quel moment, quel jour, ferai-je mes adieux à la lumière ? Si j'avais les moyens de contrôler mon entrée dans cette pièce noire, j'aimerais que ce changement se produise dans le prolongement de la nuit. Surtout qu'il n'ait pas lieu un jour où la luminosité déferle avec son plein de couleurs, de scintillements, de nuances, d'intensités optimales !

Aujourd'hui, j'ai un pied dans un halo lumineux, celui qui profite pleinement de la clarté, et l'autre dans le noir, celui qui subit la pénombre et teste timidement ce contact froid. Alors, je peux commencer à imaginer la couleur la plus sombre qui existe en essayant de l'égayer. Ou peut-être devrai-je affronter un brouillard ? Celui que j'ai aperçu de manière intempestive est-il un signe de régression ? Je n'ai pas de réponse. Cherche-t-il à gagner du terrain ? Est-il possible qu'il puisse m'engloutir ? Je pense alors à l'Écosse, terre de brume. Elle est apparue dans mon champ visuel durant plusieurs jours avec un bouquet de points noirs, amputant ma vision fine.

J'ai alors traversé un chemin cendreux et glissant. Un flou total m'a envahie. Je suis restée un jour entier en proie à la panique, pleurant puis éclatant de rire le lendemain quand ma vue s'améliorait. Enfin, le temps est redevenu plus calme malgré cette valse de points noirs scintillants.

Quand j'ai fait part de mon inquiétude à mon médecin spécialisé dans la basse vision, il ne m'a pas semblé inquiet, ce qui était tout de même rassurant. Mais quand j'ai quitté son cabinet, pour la première fois en dix ans, il a posé sa main sur mon épaule. Ce geste m'a bouleversée. Son message était clair : « Soyez forte, Sandrine, vous venez de franchir un palier mais nous sommes présents et nous combattrons ensemble. Ne vous inquiétez pas. »

Prends les commandes en main, me dis-je, cette petite guirlande de points noirs est assurément gênante, mais ne tiendra pas les rênes de ta vie !

Il est utopique de croire que je pénétrerai sereinement dans ce monde envahi de ténèbres et dont la porte se refermera derrière moi pour ne plus jamais s'ouvrir.

Je serai cette fleur qui se replie sur elle-même. Je pousserai ce cri de douleur, je lâcherai un torrent de larmes sans même essayer d'en réguler le débit, sans même ressentir de honte ou de faiblesse.

On me laissera certainement le temps d'apprivoiser cette absence de lumière, cette privation sans retour. On voudra que je me raccroche à la vie dans ce monde sinistre. Je me dirai alors : « Sandrine, n'oublie pas que ton être tout entier explose de bonheur, d'amour, de folie et d'énergie, que les battements de ton coeur sont rythmés sur ton dynamisme et tes belles émotions. Ne le prive pas de vivre pleinement avec toi ! »

Et pour ne rien regretter, je m'efforcerai de penser que cette vie que je m'apprête à quitter est hautement toxique. Sans scrupules, je fermerai les yeux sur ce monde qui dédaigne la nature, supprime les forêts, bétonne à outrance, noie les arômes des saisons dans la pollution à tel point que le nez ne sent plus et que les aliments chimiquement modifiés détruisent le goût.

Je me remémorerai les gestes irrespectueux, déplacés et maladroits si fréquents dans la société d'aujourd'hui pour ne plus vouloir agacer mes yeux à les remarquer. Je me recentrerai sur la sécurité, le confort, la convivialité, l'amour sincère.

Ne plus suivre de mes yeux et de mes oreilles cette cadence insupportable ! Ne plus subir ces nuisances sonores provoquées par mon environnement ! Ne plus endurer les casques collés aux oreilles, les surdoses d'écrans, la contagion des portables, dans la rue, chez les grands-parents, au petit déjeuner !

La situation dans laquelle nous vivons devient dangereuse pour tous. L'esprit de modération est étouffé par les excès. Monde de robots qu'est devenu le nôtre où la concurrence et la technologie toujours plus pointue infligent d'emblée une pression, un rythme surhumain générant un stress chronique ! Le bonheur d'être tout simplement disparaît ! Les jeunes sont clonés. Par leur dépendance exagérée aux réseaux sociaux, ils perdent le fil d'une amitié véritable, remplacée par d'innombrables semblants d'amis. Avides de téléréalité, ils boivent des paroles sans substance, idéalisent un physique, se complaisent dans le superficiel. Oui, il est temps pour moi d'éteindre la lumière.

Je ne veux plus, de mes yeux malades, observer ce tourbillon, cet étalage insignifiant, telle une façade visant à combler des manques d'ordre relationnel ou affectif.

Je ne veux plus être confrontée à l'esclavage

du paraître, comme cette maman en colère contre son enfant qui a abîmé son blouson de marque... Ce papa jonglant simultanément avec son portable et le ballon de son fils... Ce couple ou plutôt ces deux portables en communication avec d'autres... Ces collègues de travail occupés à engloutir des hamburgers à trois étages (luxation de la mâchoire oblige)... Cette joggeuse et ses inséparables et si précieux écouteurs : « Laissez-moi passer ! »... Des ados égarés : « On fait quoi ? »

Je ne veux plus me heurter aux individus qui se croisent, se frôlent, se bousculent, se regardent sans aucune émotion, ni froncer les sourcils par contrariété, en constatant que les plaisirs de la table ne sont plus pris en considération. On se détourne de la saveur d'un plat pour se nourrir d'écrans. On disperse sa concentration, on néglige le dialogue.

Je ne veux plus, à cause de mes oreilles, sous-estimer la communication et passer à côté d'une personne en détresse.

Le regard d'un aveugle est remarquablement expressif, car il voit la vie et sent les émotions. Le regard d'un voyant est trop souvent inexpressif.

Je me prépare à ouvrir les yeux sur mon monde à moi, à mettre l'accent sur le fondamental, à veiller à mon capital santé et mental, en respectant mes facultés sensitives, même amputées. Vivre simplement ! La somptuosité existe aussi dans l'âme, l'esprit de l'être humain, avec ses différences, ses cultures, ses convictions.

Chaque personne a un parcours qui lui est propre, des traumatismes, des souffrances, un handicap… pour autant tout le monde a en commun une sensibilité. En ce qui me concerne, la privation de mes sens semble donner à ma vie une autre signification. Mon rapport à l'autre est devenu plus important. J'aime me sentir indispensable, me dire que j'ai redonné le sourire à une personne valide. La vie n'est pas toujours un long fleuve tranquille, mais la moindre petite intention est grande quand le geste vient du cœur. Il n'y a plus ni tabou ni différence quand il est question d'entraide. En nous, nous cachons tous des brisures plus ou moins importantes, mais notre âme reste entière.

Je me prépare au voyage et, spontanément, je prends de l'avance, car aujourd'hui je suis lasse, lasse d'une manière générale, lasse de casser, lasse d'être aussi maladroite. Dans les commerces, je recherche déjà de la vaisselle en plastique et je me procure de plus en plus de boîtes pour faciliter le rangement. Je ferme furtivement mes yeux lorsque je cuisine pour tester mon agilité. J'ai acheté trois paniers à linge pour les vêtements de mes filles, dans l'objectif du tri. J'investis dans les porte-manteaux pour minimiser le repassage. Le matin, parfois, je m'habille sans regarder pour m'habituer.

Je me prépare à l'ultime, à ce rideau noir qui tombera froidement devant moi, pour m'isoler, me séparer du monde. Le choc sera brutal. Instinctivement, je chercherai un brin de clarté, même si elle ne vient pas. Naturellement, j'augmenterai le volume de mes prothèses auditives pour me rassurer. Entendre les diversités sonores pour compenser la perte de l'éventail coloré ! Tout sera à refaire mais je n'oublierai pas que je ne manquerai jamais d'amour.

Je me permets de doux rêves dans lesquels je peux me réfugier sans crainte. J'y vois des êtres malmenés par la vie : boitant, amputés, paralysés, en fauteuil roulant… Mais ce que j'entends, ce sont leurs rires. Des rires communicatifs, des conversations animées. Je perçois leur vraie nature. Un papa à qui il manque un bras est complice de sa fille dans une partie de basket. Deux mamans rient de bon cœur en voyant leurs enfants trisomiques se rouler dans l'herbe. Deux collègues de travail déficients mentaux sont en pleine discussion, goûtant mutuellement leurs plats. Un joggeur équipé d'une jambe artificielle regarde un enfant exécuter ses premiers pas. Des adolescents malentendants et malvoyants assis en cercle, se distribuent des regards complices, des hochements de tête, des clins d'œil, de la tendresse, des codes amoureux. Une diversité d'expressions illumine leurs prunelles vives et curieuses, marquant la connexion indiscutable qui existe entre eux. Une petite fille, en manque de sons et de lumière, semble jouir de tous les instants présents. Avide de nature et de bruits, elle s'attarde sur une fleur et cueille, curieusement, toutes celles qui sont abîmées. De ses petites mains délicates elle les plante de nouveau, dans l'espoir de prolonger leur vie et fait chut ! pour être aux premières loges d'un concert exceptionnel de grillons ou pour rêvasser au milieu d'un champ de pâquerettes et de boutons d'or. Elle ne semble pas prendre en considération la privation de ses sens, car elle déborde de sensibilité et de générosité.

Je me réveillerai en m'étirant comme mon chat émerge de sa couette douillette et moelleuse. Je me rappellerai l'existence innée du bonheur simple accompagné de l'odeur des croissants chauds d'un dimanche matin ; le crépitement d'un feu de cheminée lors d'une soirée d'hiver ; la dégustation d'une glace un jour d'été ; le farniente d'un vendredi soir bercé par une musique permettant d'oublier les petits tracas des jours passés ; un repas chaleureux avec les gens qu'on aime. Tous ces petits riens qui sont tellement réjouissants !

Je veux espérer des jours meilleurs où je ne serai ni une maman, ni une épouse, ni une handicapée mais seulement une femme belle et triomphante.

Ma chère *Cannou*

J'aperçois une connaissance dans une boutique. Certes, je la vois comme dans un tube étroit mais c'est bien elle. Je décide de la rejoindre. Dans l'idéal, un petit tracé de craie blanche dans sa direction me faciliterait le trajet, mais *Cannou* passe la première vitesse. Flûte ! La personne m'échappe. Je perds sa trace. Il est invraisemblable qu'elle ne m'aît pas aperçue ! J'étais face à elle et ma canne cognait bruyamment le sol. Je dois me rendre à l'évidence : elle m'a évitée ! Faute de rapidité et d'assurance, je n'ai pas pu enclencher la seconde. Hélas, c'est un comportement que je redoute. Lorsque je sors faire mes achats avec ma canne blanche, j'ai l'impression d'habiter dans une autre région. Je suis comme une expatriée, une étrangère. Rarement on m'aborde, on ne me connaît plus. Avant, je croisais du monde. Aurais-je enfilé une tenue de Martien ?

Mais peut-être que pour certains elle n'est

pas encore assez visible. En témoigne ce scooter qui, au lieu de s'arrêter alors que je suis engagée sur un passage protégé passe juste devant moi ! Je reste figée par la peur. Moralité : la canne prévient du handicap, mais n'engendre pas forcément des égards. Comme cette personne pressée qui se permet une remarque désagréable en me bousculant presque : « Vous pourriez faire attention aux pieds des gens avec votre canne ! »

Mais d'autres semblent avoir besoin de cette preuve pour attester de votre bonne foi ! C'est le cas de ce couple qui nous loue le premier étage de leur maison pour nos vacances. Dans la précipitation du départ j'ai oublié *Cannou* mais mon mari tient quand même à leur annoncer mon handicap, histoire de mettre tout le monde à l'aise. Je les regarde, ils me dévisagent, comme si mes défauts allaient jaillir de ma personne. Alors, presque sans comprendre, et très certainement parce que la propriétaire n'aperçoit aucune canne blanche à mes côtés, elle enchaîne sur la gestion des poubelles…

L'oubli de mon binôme perturbe, voire même contrarie Olivier qui subit indirectement cette dépendance ! Je demande donc à ma fille aînée, Élisa, de me l'expédier. En attendant, je m'attache au coude de mon homme, une proximité contraignante qui ne ressemble en aucun cas à une balade en amoureux ou celle que nous devrions faire en toute légèreté. Je suis incapable de me détendre, tant cette image navrante me mortifie : le boulet que je suis à ce moment précis.

J'aspire à retrouver ma canne pour regagner mon autonomie, quitte à me cogner, à trébucher, à redevenir ce martien que personne ne voit ou qui embarrasse.

Cannou arrive enfin par la Poste. Elle est devenue mon souffle de liberté. Ce même jour, une commerçante s'adresse à moi comme à quelqu'un d'incroyablement normal. Une conversation banale s'engage entre nous ! Il était temps ! J'ai relevé le défi : je suis normale, même avec une canne blanche !

Je ne peux assimiler cette division : les normaux et les anormaux. Nous sommes parqués. Pourtant, nous avons en commun un cœur qui vit, qui s'emballe, qui ralentit, qui saigne, qui pleure, qui s'enflamme et s'embrase au rythme de nos sentiments, de nos émotions, de nos joies, de nos peines, de nos sensibilités ... En bref, la barrière qui retient nos particularités devrait être levée ! Nous devons mettre en avant nos différences en les utilisant comme des atouts.

Durant ces vacances, une surprise nous attend dans la deuxième location que nous avons réservée : la propriétaire y a créé une ambiance tamisée. Son métier de photographe lui a donné l'idée d'imiter le décor d'une chambre noire ! Toujours est-il que je m'adapte plus rapidement que mon mari et Enola. Tandis que j'évolue de la semi-lumière à la semi-obscurité, eux passent sans transition de la lumière intense à la pénombre. Je supporte donc mieux cette différence mais deux jours nous suffisent dans ce cadre si particulier.

Enfin une lueur d'espoir au bout de *Cannou*. Un jour, je sens qu'elle me résiste. Surprise, je baisse la tête et j'aperçois une petite bouille blonde qui la tire, tout en fronçant les sourcils. Intriguée, je lui demande : « Ça va ? » L'enfant me questionne : « Ça sert à quoi, ton bâton ? »

Je m'accroupis pour me trouver à sa hauteur et lui dis : « Mes yeux sont très fatigués. Quand je te regarde, je vois une partie de ton visage et quand je regarde le sol, c'est pareil. Alors, ce bâton est le prolongement de mon corps. »

Je réfléchis encore et ajoute : « Il m'accompagne partout, il me prévient quand il y a une marche ou un caillou et, naturellement, je les évite. »

Le petit garçon me mange du regard : « Au

fait, lui dis-je, j'ai oublié de te le présenter, il s'appelle *Cannou*. » L'enfant me répond en affichant un large sourire : « Il est fort, Cannou ! » Amusée, je me lâche : « Carrément costaud, comme Superman ou Spiderman, c'est un héros, il me sauve lorsque je suis en danger. » Le garçonnet part en courant, avec une urgence de mots à débiter à ses parents.

Toujours en compagnie de ma canne, au supermarché, je me dirige vers la caisse réservée aux handicapés. J'ai à peine commencé à déposer mes emplettes sur le tapis qu'une main me tapote l'épaule. Je me retourne. Une dame, sans dire un mot, me tend nerveusement un document. Étonnée par cette attitude, je me sens bizarrement fautive. Alors je me penche en fronçant les yeux pour entrevoir enfin un papier familier : la carte prioritaire. Timidement, je lui montre un peu plus ma canne. Aucune émotion ne transparaît sur son visage mais elle poursuit sur un ton agacé, probablement pour dissimuler son embarras : « J'en ai marre des gens sans handicap qui se permettent de piquer nos caisses, ils n'ont aucun respect pour nous. » J'approuve, mais son malaise me dérange, alors j'abrège en répondant calmement : « Je vous comprends, madame », puis je continue ma route.

Plus tard, j'ai reconsidéré ce moment, ce

coup de projecteur braqué sur nous, mettant en lumière nos différences, un moment gênant provoquant un changement d'ambiance, que j'ai décelé par l'atténuation des mouvements alentours et des chuchotements. Un ensemble anxiogène qui ne m'incitait qu'à fuir… J'étais dans l'incapacité d'imaginer une seule seconde être au cœur d'un incident où l'on cherche la coupable : qui a fait quoi ? Encore en pleine ébauche d'acceptation de mon propre handicap, j'ai préféré écourter l'échange.

Aujourd'hui, je me suis délestée des regards parfois insistants. Quand il est question de handicap, que ce soit du mien ou de celui d'autrui, je ne rentre plus dans ma coquille.

Bien que mon champ visuel se rétrécisse peu à peu, je sens que mon esprit s'ouvre. Il me faut l'entretenir pour ne pas freiner son développement. J'y travaille à partir des commentaires de mes filles : « Oh ! Elle exagère celle-là, comme elle t'a regardée ! » Sans rancœur, je leur réponds : « Je pense que j'ai dû lui couper la route ou la frôler. » et, souvent, je m'excuse. Alors, elles réagissent vivement : « Ah non, elle devrait être tolérante ! » Leur contestation, calquant le profil d'une jeunesse tout en fougue et en revendications m'amuse. Néanmoins, je maintiens ma position, plus réfléchie envers autrui.

Regardez-moi ! Je trace avec *Cannou*, sur un rythme quasi normal. Je me tiens presque droite et mes difficultés deviennent des combats dont je sortirai victorieuse. Je m'accroche à mon regard encore efficace, vous appréciant, vous aimant. Je suis malentendante, certes, mais je m'attache aux précieux mots ici et là, je ne perds pas le fil.

Mon histoire n'est pas exceptionnelle, mais l'écriture est une échappatoire remarquable, une évasion suprême, une thérapie sensationnelle. Se réfugier dans ce défouloir conduit à un travail sur soi. Se confronter de nouveau à des mots ou des vécus parfois blessants qui ont noirci le papier, amène à se canaliser, s'analyser, s'assumer, à pardonner le mot de trop, à avouer que le pire existe afin de prolonger une vie si extraordinairement colorée.

REMERCIEMENTS

Je remercie chaleureusement Solène T., Florence C., et madame Leroux pour leur aide précieuse sans laquelle mon ouvrage ne serait pas né.

Je remercie ma famille de m'avoir toujours soutenue dans mon projet d'écriture.

CHEZ LE MÊME ÉDITEUR

COLLECTION COMME TOUT UN CHACUN

La Paix toute une histoire, essai, Sophie-Victoire Trouiller

Nouvelles du Temps qui passe, recueil, Michel Pain-Edeline

Un petit cimetière de Campagne, roman, Jacques Priou

De mon Amazonie aux confins du Berry, recueil, Irène Danon

T'occupe pas de la marque du vélo, pédale, roman, Cécile Meslin

De l'autre côté des étoiles, conte, Hervé Dupont

Pourquoi ?, réflexion autobiographique, Fabien Lerch

Sans domicile fixe - contes animaliers, Maurice Bougerol

COLLECTION VOIR AUTREMENT

L'Insurgée aux yeux d'ombre, roman, Diane Beausoleil

Pas si bête, roman, Clélia Hardou

COLLECTION LES MOTS DU SILENCE

Deux Mondes, témoignage, Christelle Luongkhan

Signence - la langue des signes, album de photos, poèmes et textes, Eve Allem et Jennifer Lescouët

COUVERTURE

Illustration de Siobhan Lim, 19 ans
États-Unis
Étudiante en Corée du Sud
Siobhan envisage de devenir danseuse professionnelle

Afin de sensibiliser les jeunes au handicap,
RENAISSENS confie l'illustration de ses couvertures
à des jeunes de moins de vingt ans.
Ce programme qui concerne les jeunes du monde entier
s'inscrit dans un projet
"jeunesse, interculturalité et francophonie".

Pour participer à la sélection des prochaines couvertures
rendez-vous sur la page du site Renaissens

http://www.renaissens-editions.fr/projet-jeunes/

ISBN : 978-2-491157-22-7
Dépôt légal : avril 2022